U0023111

挑戰推理系列

福爾摩斯
SHERLOCK HOLMES
——來自外星的殺意——

Sherlock
Holmes

SHERLOCK HOLMES

實戰推理短篇 **來自外星的殺意**

實戰推理短篇 **誰偷吃了意粉**

實戰推理短篇

來自外星的殺意

抓小孩的外星人

「**糟糕了！火星人要侵略地球了！**」猩仔讀着好不容易才買到的科幻小説，激動地叫道。

這本名叫《外星大戰》的小説甫出版，馬上就因其創新的科幻情節而**備受觸目**。猩仔預訂了2個月，今日才把它弄到手。所以，他在回家的路上已**急不及待**地邊走邊讀，完全沉醉於書中的**科幻**大戰中。

讀着讀着，他不知不覺間已走進一條**人跡罕至**的林蔭路之中。

「火星人有**熱射線**武器啊！怎樣才能戰勝他們呀？」猩仔看得**緊張萬分**之際，突然，一道**白光**在幽暗的樹林中掠過。

「哇！那是甚麼？」猩仔大吃一驚，慌忙從書中抬起頭來，使勁地擦了擦眼睛朝樹林望去。這時，他才發現自己已處身於一個**陌生的森林**之中，不期然地感到背脊透出一陣**寒意**。

「哇哈哈，自己嚇自己，我是**少年偵探團G的團長**呀，又怎會被森林嚇怕！」猩仔吞了吞口水，為自己**壯壯膽**後，就鼓起勇氣繼續往前走。

嗚⋯⋯嗚⋯⋯嗚⋯⋯
咕⋯⋯咕⋯⋯咕⋯⋯
吱⋯⋯吱⋯⋯吱⋯⋯

　　突然，本來靜悄悄的林中響起了不知從何
而來的叫聲，把猩仔嚇了一跳。

　　「哇哈哈，只是鳥和蟲叫罷了，休想嚇倒
我！我是不會怕的！」猩仔口中說不怕，身
體卻很誠實，已急步走了起來。

　　可是，他只走了幾步，突然
「啪啦」的一聲響起，一個黑
影從樹叢中猛地竄出。

　　「哇呀！」猩仔慘叫一
聲，被嚇得登時跌倒在地。

　　但他定神一看，發現擋在
前面的原來是個農夫打扮、戴
着耳環的銀髮男人。

耳環男打量了一下猩仔，**粗聲
粗氣**地說：「喂！小胖子，獨個兒
在這裏亂闖幹嗎？不怕危險嗎？」

「小胖子？」猩仔發現對方
是個農夫，馬上一個**翻身彈起**，不滿地嚷
道，「你叫我嗎？本少爺是班中的帥哥，叫猩
仔，不是甚麼小胖子！而且，我**天不怕地不
怕**，怎會怕危險！」

「嘿，説話好有氣勢
呢。」耳環男冷冷地一笑，
「你真的是天不怕地不怕？」

「當然囉！」猩仔叉起
腰，撅起嘴巴**搖頭擺腦**地吹了幾下口哨，擺
出一副**毫不在乎**的表情。

「嘿嘿嘿……」耳環男瞥見猩仔手上的小

説，於是**語帶神秘**地説，「那麼，你一定連外星人也不怕了。」

「甚麼？」猩仔大吃一驚。

「我説『**外星人**』。」

「外……外星人？」猩仔瞪大了雙眼。

「沒錯，是外星人！」耳環男**煞有介事**地説，「聽説最近常有**不明飛行物體**在這附近飛過，還會發出一道道白光！」

「**白光！**」猩仔被嚇得下巴也幾乎掉下來。

「對！白光！看來是外星飛船發出的**死光**！被照到的話，就會立即**變成灰燼**！」

「啊……」

「而且，最恐怖的是……」耳環男一頓，**語帶恐嚇**地說，「那些外星人最喜歡**抓小朋友**！像你這種小胖子就最適合他們的口味了！」

「啊……」猩仔驚恐地退後了兩步，「難道……他知道我就像小說中的主角那樣**超級可愛又聰明**，所

以想把我抓起來研究？」

「超級可愛又聰明……？」耳環男一怔，看來沒想到猩仔竟會這樣形容自己。

不過，他想了想，馬上說：「沒錯！像你這種超級可愛又聰明的小胖子，正正是外星人的目標獵物！被他們發現的話，你一定會被捉去**解剖研究**，然後再被**製成標本**！」

「哇！就像被藥水泡着的**青蛙標本**嗎？」猩仔赫然。

「對！我走了，你在這裏慢慢逛吧。」

「不！我有事先走！你**慢慢逛**吧！」猩仔握緊手中的小說，一個急轉身就**拚命地往回跑**。

跑了半里路後，**氣喘呼呼**的猩仔才懂得回頭看看有沒有外星人追來，卻一個不小心**左腳踢右腳**地絆倒了，手中的小說更被甩到半空。

「哎呀！痛死我了——」

倒在地上的猩仔話未說完，

飛脫的小說就「**砰**」

的一聲打到他的頭上。

「哇！好痛呀！」猩仔 **呼呼叫痛** 後定睛

一看，只見掉在地上的小說剛好翻到一頁插圖

上。

「啊！那不是地球士兵 **頑**

抗火星人 的場面嗎？」猩仔

瞪大了眼。

「不行！」看着書中的插

圖，猩仔心中 **燃起了鬥志**，「如

果每個人都只顧逃走，結局就是

人類的滅亡！縱使外星人有多厲害，我也必

須勇敢地奮起頑抗！這樣才能保護地球呀！」

猩仔撿起小說一躍而起，並毅然地緊握拳頭叫道：「我要**捨生取義**！就算變成標本，也要回去對抗外星人！」

說完，猩仔**用力一蹬**就往回跑。不一刻，他已奔回剛才遇見耳環男的地方。

「咦？那大叔已走了？他看來比我更怕外星人呢！」看不見耳環男的身影，猩仔於是撥開草叢，走進那個**曰光乍現**的樹林之中。

雖然太陽尚未下山，但茂密的樹葉把陽光都遮蓋了，讓四周顯得有些**陰森恐怖**。

「哇……好恐怖……」猩仔又有點膽怯了，但馬上**挺起肚腩**給自己壯膽，「不要怕！我是

地球的**超級英雄**！地球就由我來守護吧！」

「嘶——」忽然，一道尖銳的

叫聲闖入猩仔的耳中。那聲音

既像怪鳥的鳴叫，又

像嬰孩的哭聲，讓猩

仔禁不住打了個寒顫。

「甚麼聲音？」猩

仔鼓起勇氣，往傳出怪聲的樹叢看去。

「嘶——」怪聲再次響起。

「外星人……難道是外星人！」猩仔感到自

己的心臟已怦怦作響，兩腿也禁不住發抖起來。

同一剎那，一道白光無聲地*呼嘯而過*，

猩仔被嚇時急忙後退。可是，同一時間，他卻

感到有人狠狠地抓住了他的手臂！

「哎！不要抓我！」猩仔慘叫。

他用力一揮，企圖掙脫抓住他的手，卻聽到「啪嚓」一聲樹枝斷裂的聲音。原來，他只是被一根**樹枝鈎住衣袖**而已。可是，他在掙脫樹枝的同時，已被嚇得**魂飛魄散**，手中的小說更像脫線風箏似的飛了出去，內頁「嘩啦嘩啦」的被吹得隨風四散。

「救命呀！外星人襲地球呀！」猩仔**慌不擇路**地往外衝，好不容才衝出樹林。同時，他又看到一道白光在另一邊的樹林中呼嘯而過！

「哇哇哇！**雙拳難敵四手**，我一個人鬥不過外星人，要去找幫手才行！」猩仔一邊心中高呼，一邊直往豬大媽的雜貨店奔去。

閃光與怪聲

「外星人？你在說甚麼啊？」夏洛克不明所以。

「是這樣的……」猩仔在雜貨店找到夏洛克後，把剛才看到的怪事繪影繪聲地一一告之。

「嘿，原來如此。看來你看的科幻小說寫得太精彩了。」夏洛克斜眼看着猩仔，語帶譏諷地說。

「不是小說！是真的呀！要是我們不採取行動，地球就要被外星人侵佔了！」猩仔高呼。

閃光與 怪聲

「只是看到白光和聽到怪聲罷了，又怎能證明外星人入侵？」

「哎呀！你沒**親眼目擊**當然不知道啦！那些絕對不是地球生物發出的聲音！那些白光又直又長，一看就知是死光！你去看看就知了。」猩仔**手舞足蹈**地叫嚷。

「算了，就跟你去看看吧。像你這麼厚面皮，我一天不答應，你一天也不會放棄吧。」夏洛克被**口沫橫飛**的猩仔噴得一臉口水，只好無奈地答應。

「嘿！知道就好！」

「不過我得先收拾好店子。」

17

「太簡單啦！我來幫你，一瞬間就能完成！」猩仔自信滿滿地説。

「那麼你去收拾糖果盒吧。不過，豬大媽擺放糖果有一定規律，不能隨便亂放啊。你在空着的那一格放進糖果吧。」夏洛克説。

「放多放少也沒關係吧？」猩仔隨手抓了幾顆糖果放到空格中。

「你要先看整體糖果的多少才擺放呀。」夏洛克沒好氣地説。

「整體？這麼多糖果怎麼數啊。」猩仔扁着嘴説。

「豬大媽最喜歡的數字是17，所以規律也跟17相關，你看看就明白了。」夏洛克説着，已收拾好自己的部分。

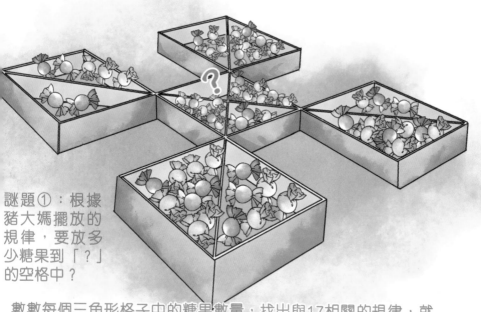

謎題①：根據豬大媽擺放的規律，要放多少糖果到「？」的空格中？

數數每個三角形格子中的糖果數量，找出與17相關的規律，就能得到答案。如果還是想不通的話，可以翻到79頁找答案啊。

「喔……我還是不明白，算了，還是你自己來吧。」猩仔把手上的糖果塞給夏洛克。

「唉，結果不又是要我一個人收拾嗎？」夏洛克**一臉無奈**。

「哎呀，本來就是你的工作，不要那麼計較嘛。」猩仔**嬉皮笑臉**地說。

待夏洛克一收拾完，猩仔就**連拖帶拉**的把他帶到自己發現外星人的樹林中。

「外星人在哪？」夏洛克看了看四周問。

「你以為我約好了外星人見面嗎？怎會一來就見到他們。」猩仔沒好氣地說，「**等！**只要等，就一定能看到他們的。」

密雲飄過，樹林也變得**陰風陣陣**。兩人等了好一會，不要說外星人，連麻雀也看不到一隻。

猩仔禁不住打了個**寒顫**，並向夏洛克說：「你在這裏等着，我去那邊一會。」

「怎麼了？等不到外星人，就想丟下我不理嗎？」

「哎呀，你怎麼**疑心**那麼重啊。」猩仔抓了抓褲襠，「**人有三急**呀，你替我把風吧。」

「忍一下不行嗎？」夏洛克說。

「爺爺說，有尿就撒，有屁就放，忍得多對身體不好呀。」猩仔說完，就走進旁邊的樹叢中小解去了。

夏洛克只好別過頭去，**百無聊賴**地望向樹林的深處。

「哇！新丁1號，你看！」猩仔的叫聲忽然響起。

夏洛克慌忙回過頭看去，只見猩仔在樹叢中露出了**圓圓的屁股**。

「哎！你怎麼不把褲子穿好？」夏洛克罵道。

「哇！虧本了！**色相大犧牲**呀！」猩仔慌忙拉起褲子叫道，「地上有**腳印**！有腳印呀！」

21

「腳印？」夏洛克趨前一看，果然，地上有些古怪的腳印。它們有成年人的腳掌那麼大，腳跟是正常的弧形，但腳頭卻呈尖形，看來不像大家認知的生物留下的。

「你看！外星人！這一定是外星人的腳印！」猩仔緊張地叫道。

「怎可一口咬定是外星人的？也可能是其他動物的呀？」夏洛克蹲下來仔細觀察。

忽然，一道白光從兩人眼前閃過。

「啊！白光呀！」猩仔驚呼。

夏洛克急忙抬頭望去，只見遠方山頭有幾下白光在閃爍。他注意到白光先是一閃而過，然

後持續亮了幾秒，接着又消失了幾秒，然後又亮了幾秒，緊接又閃爍幾下，之後再次持續亮起。隨後又連續閃爍了4下，最後一閃一亮一閃後停止。

「你看那些閃光！外星人！一定是外星人來了！」猩仔緊張地說。

夏洛克還未反應過來，就看到距離他們不遠處竟也閃起了幾下閃光。

「外星人懂得*瞬間移動*嗎？竟一眨眼就從對面山頭移動到這裏？」猩仔被嚇得瞪大眼。

「亮、閃、亮、閃……亮、閃、亮、亮……」夏洛克望着

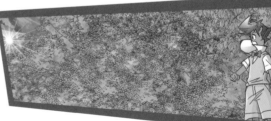

白光默念了一會。接着，他快速掏出筆記本，記下了白光閃動的頻率。

噠噠噠噠⋯

忽然，一陣**馬蹄聲**從遠處傳來。

「有人騎馬向這邊跑來！」夏洛克警覺。

兩人慌忙朝馬蹄聲方向望去時，突然，「嘶——」的一下尖銳的聲音傳來，**刺耳**得讓夏洛克禁不住**掩住耳朵**。

「你聽！是外星人的聲音呀！」猩仔大叫。

與此同時，還傳來了一陣馬的嘶叫和女人的慘叫！緊接着，更「嘭」的一下**重物墮地**聲響起。

「好像有人墮馬了！」夏洛克叫道。

「在那邊!」猩仔馬上朝聲音的方向走去。

當他們趕到現場時,眼前的畫面讓他們大吃一驚。一名婦人昏迷在地,旁邊是一匹白色的駿馬,牠不停踱步,看來十分煩躁。

「有人倒在那裏!」猩仔指着地上的婦人大喊。看她一身騎馬裝束,毫無疑問是墮馬

摔下。

「小姐，你還好嗎？小姐？」夏洛克輕輕拍打着婦人，但對方沒有任何反應，顯然**昏迷**了。

「她一定是摔下時昏倒了。」夏洛克說。

「我去找人求救！」猩仔立馬行動。

「慢着，你看看這個。」夏洛克撿起地上的一塊手帕說。

「手帕？」猩仔湊過去看。

「儘管它被**弄髒**了，但是可以從上面的**花紋**中推斷出這位女士的身份。」夏洛克盯着手帕說。

猩仔留意到手帕上繡了一個**牧場的標記**，但上面的污跡讓人看不清牧場的名稱：「她是

牧場的人？附近有好幾個牧場啊。」

「是的，雖然看不到牧場的名稱，但只有一個牧場能夠看到手帕上的 繡花景色 。」夏洛克肯定地說。

「啊！這裏有 日出的圖案 ，我知道是哪個牧場了。」猩仔說。

「沒錯！你快去那邊求救吧。」

「好！你照顧這位小姐，千萬不要給外星人擄走啊！我馬上跑去求救！」猩仔說完，大吼一聲「衝呀！」就像 一頭蠻牛般 直往牧場方向衝去，剎那間就 消失得 無影無蹤。

謎題②：手帕上的繡花來自哪一個牧場？請參看地圖再想想看。

提示：猩仔跑去了哪個牧場了？留意繡花上的風景就能找到答案。不明白的話，可以翻到80頁看答案。

夏洛克心中想道：「猩仔平時雖然胡鬧，但在**危急關頭**還是很可靠呢。」

很快，猩仔就帶着3個男人乘馬車趕了回來，他一跳下車就叫道：「就在那兒！那位小姐剛才摔下馬。」

其中一名中年紳士大驚：「是奧莉花小

姐！」說着，他慌忙奔了過去。

「不用擔心，她已經醒過來了。」蹲在婦人旁邊的夏洛克説。

「羅布……我沒大礙……」奧莉花氣若游絲地對紳士説，「流星剛才不知為何突然躍起，把我從馬背上摔下來，你們去看看牠怎樣吧。」

「好的。」羅布説罷，轉頭向一個高個子説，「霍士，你去安撫一下流星，然後把牠帶

回牧場。我和其他人把奧莉花小姐載回去。」

「好的。」名叫霍士的男人點點頭，就走去牽馬。

不一刻，羅布與餘下的家丁把奧莉花抬上馬車後，便對夏洛克和狸仔說：「我叫羅布，是**牧場的管家**。謝謝你們救了我家小姐。你們也累了吧，不如一起來牧場**吃點東西**吧。」

「不用客氣——」

「咕——」

夏洛克本想婉拒，卻被狸仔**肚內的鼓聲**打斷了。

「太好了！我跑來跑去，也差不多餓扁了，正想吃點東西呢！你們有甚麼好吃的？」

羅布微笑道：「好吃的東西太多了。來！請

上車吧。」

「太好了!」猩仔說罷,一躍就跳上了馬車。

夏洛克無奈地搖搖頭,只好也跟上。

馬車在路上**蜿蜒行駛**,涼爽的微風拂過夏洛克蓬鬆的黑髮,他皺着眉頭思考:「那些奇怪的白光和怪聲真的是外星人所為嗎?還有那幾個腳印又是……?」

想到這裏,他望了望正在休息的奧莉花,總覺得這次意外隱藏着甚麼**秘密**。

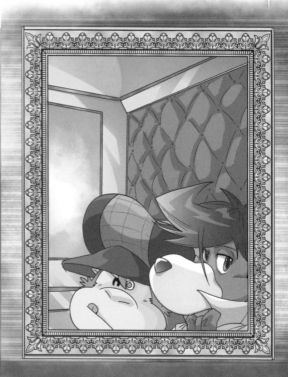

白馬牧場

　　馬車轉了幾個彎，來到了牧場。牧場**綠草如茵**，牛羊悠閒地在草地上吃草。羅布很快就安頓好奧莉花，然後吩咐傭人為猩仔及夏洛克送來一頓豐富的大餐。

　　「哇！是牛排！」猩仔看到**肉汁四溢**的滿盤牛排，不禁**垂涎欲滴**，馬上拿起刀叉，**狼吞虎嚥**地吃起來，口中更不時發出讚歎：「肉質嫩滑，入口即化！太美味了！」

「這位小兄弟看來真的很肚餓呢。」羅布笑道。

「不，他只是**饞嘴**罷了。」夏洛克一頓，關心地問道，「對了，奧莉花小姐怎樣了？」

「我們已為她檢查過了，她只是受了輕傷。不過，最近她騎馬總是**意外頻生**。」

「意外頻生？」夏洛克訝異地問，「難道她的**騎術不好**？還是那匹馬的**脾氣太壞**呢？」

「不，小姐**騎術精湛**，是個很好的騎手。而流星**性格溫馴**，跟小姐感情很好。可是不知為何，最近牠總是突然發飆，好幾次都差點

把小姐摔下馬。」

「這樣真的很危險呢。」

「**外屎人!** 一定是外屎人作祟!」猩仔嘴裏含咬着牛排,**口齒不清**地説,「我知道肯定是**外屎人**影響到流星!」

「外屎人?甚麼意思?」羅布有點驚訝。

「羅布先生,他説的是外星人。」夏洛克有點**尷尬**地糾正。

羅布給了猩仔一個詫異的表情:「外星人?我從沒聽説過這樣的事。」

「咕咚」一聲,猩仔使勁地吞下了牛排,説:「對,是外星人!我聽附近一個**耳環男**

說的。」

「耳環男？是滿頭銀髮、一身農夫打扮的中年漢嗎？」

「沒錯，就是他。」

「難道是**積臣**？」羅布低語，「他是附近的**大地主凱山**的手下。我不相信他的說話。」

「他告訴我，這裏有專抓小孩的外星人出沒，像我這種帥哥還最適合做**標本**

呢。而且，我們的確看到外星人發出的白光和聽到一些**詭異的聲音**。」

「詭異的聲音？」

「對！我一聽就知道，那些不是地球生物發出的聲音！」猩仔說完，又吞了一口牛排。

「不是地球生物的聲音？不會吧？不過，說起來，最近確實不時有神秘的白光，每次白光出現不久，流星就會發飆。」

「嘿！一定是流星感覺到外星人的存在，所以很驚慌！」猩仔舔了一下唇邊的肉汁說。

「是否外星人作祟我不敢說，但與白光看來確實有點關係。」

「那些白光一閃一亮的，而且幾乎在兩處不同的地方同時出現。你們之前看到的也是那樣的白光嗎？」夏洛克問。

「你這麼說來，確實好像是那樣呢。」羅布回想道。

「我知道！是瞬間移動！那是外星人的

特異功能，小說中就是這樣說的！他們可以在這兒閃幾下白光，一瞬間就去了另一個地方再閃幾下！」猩仔揮舞着刀叉，**興奮莫名**地說。

「可是，瞬間移動**違反科學常識——**」夏洛克說到這裏時，走廊響起了響亮的腳步聲，一個**西裝筆挺的大胖子**和一個**戴着耳環的男人**一起走了進來。

一名傭人追着大胖子說：「你不能這樣闖進來的。」可是，胖子卻瞧也不瞧他一眼，**筆直**地走到羅布的面前。

「呀，是耳環男，就是他說有

外星人的。」猩仔輕聲向夏洛克說。

大胖子**趾高氣揚**地向羅布

說：「喂！我聽說奧

莉花小姐又墮馬呢。」

羅布揚一揚手，示意傭人退下，然後說：

「凱山先生，多謝你的關心。奧莉花

小姐只是受了**輕傷**，並無大礙。」

耳環男看到夏洛克和猩仔，就

乘勢道：「肯定是外星人作祟，我

知道附近的**頑童**都被嚇跑了。」

「積臣，你別**嚇唬人家**嘛。」凱山**假惺**

惺地說，「我聽說只是馬匹無故發飆罷了。」

聽到凱山的名字，夏洛克就知道他是羅布剛

才所說的大地主了。

「換了是我，就會**馬上搬家**了。雖然奧

莉花小姐這次幸好無大礙，但也不知哪天會遭到不測啊。」凱山笑嘻嘻地說。

「哎喲，真的說不準呢。」凱山與積臣一唱一和，羅布不禁**面色一沉**。

凱山看羅布沒有反擊，就得勢不饒人地說道：「拜託你勸一勸你們那位頑固的小姐，把牧場讓給我吧。搬離這裏，既可逃離外星人的威脅，又可以得到**巨額收購金**，不是一舉兩得嗎？」

「此事容不到我來做決定。」羅布說。

「不趕快決定的話，小心又出意外啊！」積臣以警告的口吻說。

聞言，羅布**咬緊嘴唇**，沉默不語。

「不，除了搬走外，還有別的選擇。」一直

默不作聲 的夏洛克，突然插嘴道，「如果真有外星人的話，那就去 把他們抓起來吧。」

凱山挺着 脹鼓鼓的 肚皮 大笑起來：「哈哈哈哈！抓外星人，你聽到嗎？他說要抓外星人呀！」

「哈哈哈！你這小子是甚麼人呀？」積臣看到老闆大笑，也馬上陪笑道，「你以為外星人可以隨便抓到的嗎？」

「喂！你別取笑我的手下！」猩仔放下刀叉，跳出來搶道。

「咦？」積臣 故作驚訝 地說，「你不就是早上那個小胖子嗎？」

「我不是小胖子,我叫**猩仔**,他是新丁1號。我們是少年偵探團G!」猩仔一手搭着夏洛克的肩膊,**中氣十足**地説。

「**偵探團!**」這些小屁孩説自己是偵探呢!哈哈哈哈!不行,我**笑到肚子也痛了!**」

凱山摸摸不斷顫動的肚皮,笑得更大聲了。

「有甚麼好笑呀!」猩仔高聲喊問。

「凱山先生。小姐還在休息,請回吧。」羅布看不下去,只好下**逐客令**。

「哈哈……哈!咳!」凱山突然止住笑聲,**面色一沉**,「快叫你家小姐作出決定,我等着!」

說完，他胖手一揮，就帶着積臣轉身離開了。

「哼！那大胖子好兇，到底他是甚麼人？」猩仔**鼓着腮子**問。

「他是這區的大地主，總是想要收購我們的牧場。小姐堅拒後，他就不時前來**騷擾**。」

「真是討厭的傢伙。」猩仔生氣地說。

這時，一個高個子走進了飯廳，夏洛克認出他就是剛才**負責牽馬的霍士**。

霍士指着外面說：「我剛剛看到凱山先生，他又提出收購嗎？」

「沒錯。」羅布說。

「不如就把牧場賣給他吧，反正他出的金額也不少。」

白馬牧場

「此事要由奧莉花小姐決定，我們不宜**說三道四**。」

「我也是為了小姐着想罷了。」霍士擔心地說，「流星常常聽到一些怪聲就發飆，已證明這塊是**不祥之地**，不宜小姐居住啊。」

「你來就是要說這些事嗎？」

「不，我是來通知小姐，流星沒有大礙，隨時也可以**策騎**。」

「咦？我覺得還是暫時不騎比較好吧。」猩仔插嘴說。

「流星沒事嗎？太好了。」突然，一個聲音從後面傳來。眾人回頭一看，來者正是**奧莉花**。

「小姐，你怎麼不休息多一會？」羅布關心地問。

「我沒事，我想去看看流星。」奧莉花面帶微笑地說。

「那麼，讓我來陪你去吧。」霍士說。

「我們也可以去看看嗎？」夏洛克問。

「去馬房？」猩仔有點**不情願**，「我最怕**馬糞的臭味**了，不如留下來再吃些甜點吧。」

「馬匹身上可能會有外星人的線索呀，我們不是要抓外星人嗎？」

「嗚……好吧。」猩仔無奈地說。

「你們就是救我的那兩位小朋友吧？」奧莉花笑道，「來吧！讓介紹我的愛駒流星給你們認識。」

　　牧場很大，走到馬房也得花上一點時間。霍士走在前頭領路，猩仔則跟着他四處跑，夏洛克故意放慢腳步，陪着奧莉花**緩緩漫步**。

　　「哇，我第一次參觀牧場，這個草原真廣闊呢！」猩仔**手舞足蹈**地跑來跑去。

　　「彗星牧場很棒吧？這裏是我父母創立的，他們從養牛開始，苦苦努力多年，才將牧場做到這個規模。雖然他們已經**不在人世**，

但我打算承繼他們的**遺志**，繼續把牧場做好。」奧莉花說。

夏洛克心想，這就是奧莉花不肯出售牧場的理由吧。

突然，奧莉花摸了摸後頸，露出了**痛苦**的表情。

「你沒大礙吧？」夏洛克關心地問。

「沒問題，只是有點痛罷了。」

「為甚麼不斷出意外，你還**堅持騎馬**呢？」

「我剛學會騎馬，父母就把流星當作**禮物**送給我。我是家中獨女，父母忙於工作時，流星一直陪伴着我。

牠……就像我的家人一樣。」奧莉花抬頭看着**一朵像是白馬的浮雲**，**若有所思**地說，「長大後，父母也常常跟我一起騎着馬四處遊樂。所以，每當我騎着流星，就會感覺到父母親在我身邊。我**無法想像**，不能策騎流星的話，可以如何過日子。」

「但是最近流星不是常常發飆嗎？」

「你也聽說了嗎？」奧莉花看了看夏洛克，肯定地說，「我從小就看着流星長大，我知道牠一定不想傷害我的。」

「外星人！」猩仔不知何時跑了回來，突然在兩人身後叫道，「是**外星人**

作祟！所以，流星才會發飆！」

「你叫猩仔吧？」奧莉花笑道，「如果是外星人作祟，我更應該與流星一起面對，不可讓牠獨個兒承受呀。」

邊說邊走，眾人已經來到了馬房。馬房裏有數匹馬，但惟獨白馬流星顯得與眾不同，牠昂首揚尾，一副神氣十足的模樣，單看外表就覺得牠一定是匹千里神駒！

「這兒有很多馬兒呢。」猩仔驚歎。

「這些馬都是由我照顧的，我對牠們都很熟悉。」霍士說。

「牠的**毛色真漂亮**，看來健康很好呢。」

夏洛克走近流星說。

「是啊，可是最近牠一直很**敏感**。」奧莉花憂心地拍了拍流星，「牠以往總是**勇猛直前**的，我騎着牠衝向小溪，牠也會**毫不遲疑**地跳過去。我搞不懂是甚麼令牠如此不安。」

「我們也在調查流星不安的原因。你最近有沒有聽到**奇怪的聲音**或看見**閃光**甚麼的？」

「怪聲我沒有聽過。」奧莉花搖頭，「但有一次看過詭異的白光後，流星就開始失控了。不過說來奇怪，**陰天**的時候從沒發生過意外。」

「只有陰天不會⋯⋯」夏洛克的眼睛微微一亮，「我也可以摸摸牠嗎？」

「可以呀。」

奧莉花輕輕一拍，流星就低下頭來讓夏洛克撫摸：「流星真的很**乖巧**呢。」

夏洛克**小心翼翼**地伸手去摸流星的鼻子，流星則溫順地靠了上去，讓夏洛克輕撫牠光滑的**鬃毛**。

「牠很喜歡你。」奧莉花笑着，輕輕地為流星梳理鬃毛。

夏洛克注意到，奧莉花的動作很輕很慢，流星則是那麼**享受和信任**，一點也不像會**無緣無故**變得敏感不安的樣子。

「我也想摸啊！讓我摸！」猩仔說着就想從**欄柵**之間爬進去，卻「咔」的一下，被自己胖胖的肚子卡住了。

「哎喲喲，我被卡住了！」猩仔大叫，「新丁1號，快來救我！」

夏洛克捉着猩仔雙腳用力拉了幾下，但猩仔依然在欄柵之間**進退維谷**。

　　「卡得太牢了，拉不出來啊！」夏洛克説。

　　「真是的！讓我來吧。」霍士見狀抓着猩仔的腰**使勁地拉**。

　　「痛、痛！不要這麼用力，我自己來！我自己來！」猩仔説完，馬上用力吸了一口氣，然

後突然**振臂高呼**，「我唏！」

話音剛落，馬上「**砰**」的一聲巨響爆現。

馬匹們被嚇得**紛紛嘶叫**起來。最慘的是霍士，他**首當其衝**，被猩仔的臭屁直擊面龐！

「**哇呀！**」霍士掩鼻大叫，**跟跟蹌蹌**地倒退幾步，一不小心更踏到一坨新鮮的馬糞上。

這時，猩仔透過放屁的威力，已好不容易地從欄柵中脫身。

「哈哈哈，還是**臭屁功管用**，終於出來了。」猩仔恬不知恥地笑道。

「真麻煩！我去洗一下，你們不要再亂闖了！」霍士氣憤地走出了馬房。

霍士走後，猩仔**哈哈大笑**道：「竟然踏到馬糞上，真好笑。」

「還不是因為你。」

夏洛克責罵猩仔的同時，不經意地望了一眼馬

糞上的**鞋印**，登時一怔，「這是……？」

　　這時，奧莉花溫柔地邊撫摸流星的鼻樑邊說：「流星，抱歉嚇到你了。最近你常常暴跳起來，是有甚麼原因嗎？是不是哪裏受傷了？」

　　流星像是聽懂了似的，用鼻子挨了挨奧莉花，又一腳踢翻了**裝馬具的箱子**，像是有甚麼要說那樣。

　　「流星，你怎麼了？」奧莉花撫摸着流星問。

　　「牠是不是想到外面走走？」猩仔邊收拾**散落一地**的馬具邊説。

「唔？」突然，夏洛克看到當中有一本**筆記本**，就走過去撿起它。

「這看來是關於流星的筆記呢。」夏洛克翻了一下，卻突然止住。

「怎麼了？」奧莉花問。

「裏面有幾頁被**撕去**了。」

「地上還有些**紙碎**，看來就是被撕去的頁面。太可疑了！不如把它們拼起來看看吧。」猩仔興奮地說。

不一會，夏洛克和猩仔就把碎紙拼合起來。

「唔……？上面好像寫着……**犬笛**、**聽覺敏感**、**5枚金幣**……」夏

謎題③：把以下紙張碎片重新組合。

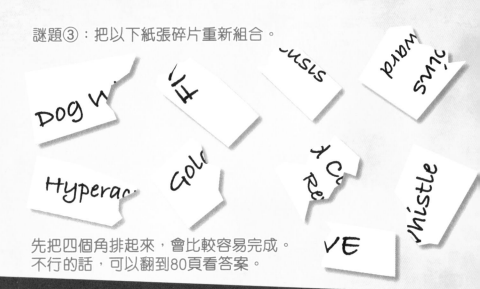

先把四個角排起來，會比較容易完成。
不行的話，可以翻到80頁看答案。

洛克自言自語。

「這是哨子嗎？」猩仔發現地上有一個**銀色哨子**。

「不，這是**犬笛**。我們在指揮牧羊犬時也會用到，但為甚麼會在馬房裏？」奧莉花感到疑惑。

「有了它就可**指揮犬隻**？我要試！」猩仔把犬笛含在嘴裏，用力一吹。

「哇！」夏洛克掩着耳朵驚叫。

「外星人來了！」猩仔也大叫一聲，丟下了犬笛。

「嘶——」的一聲，流星更激動地叫起來。

「怎麼了？」奧莉花一面呆然，不明白發生了甚麼事。

突然，一陣強風吹來，把猩仔的格子帽吹走了。

「啊！我的帽子！外星人搶走我的帽子！」猩仔驚呼，急忙衝出馬房追逐那頂在空中飛舞的帽子。

就在此時，一陣更強烈的風襲來，猩仔的帽子被吹到離地面

十多尺高的**穀倉頂端**，然後掉進了閣樓的窗口內。

「啊！掉進閣樓裏面了！」猩仔喊道。

奧莉花跟着出來說：「別緊張，我帶你們上去拿回帽子。」

夏洛克跟在奧莉花和猩仔身後，匆匆走進穀倉，爬上**粗木梯子**走到閣樓。就在猩仔找回心愛的帽子，**興高采烈**地戴回頭上的時候，夏洛克注意到閣樓中有點不尋常。

一面**巨大的鏡子**靜靜擱置在窗邊，對着窗外一片金黃的天空。

「為甚麼這裏會有這麼大的鏡子呢？」奧莉花困惑地說。

「我猜這面鏡子經常移動呢。」夏洛克發現**地面上的刮痕**，眼底閃過一絲光芒。

奧莉花先前的說話在夏洛克腦中迴響：「但有一次看過詭異的白光後，流星就開始失控了。不過說來奇怪，陰天的時候從沒發生過意外。」他的雙眼睜大了，**謎題答案的碎片**在他腦海中拼合起來。

「奧莉花小姐，我有件事想拜託你。」夏洛克轉向奧莉花，**眼睛閃閃發亮**。

外星人的真面目

第二天一早，當奧莉花悄悄地溜進馬房時，流星正低下頭吃草。牠抬起頭來，溫馴地讓奧莉花替牠戴上馬具。

「去吧！流星，我們再出外跑一圈吧。」奧莉花輕輕拍着流星的頸背，流星便順從地出了馬房，踏上了野外的路。

奧莉花深深吸了口氣，鄉野的新鮮空氣令她感到前所未有的自由。

儘管羅布多番勸她暫時不要騎馬，但她還是享受着這樣的**小小冒險**。

「我知道自己不太聽話，但我實在忍不住想要和流星你一起在草原上**奔馳**，享受森林和草原帶來的**自由**和**快樂**。」奧莉花感覺自己的**壓力和煩惱**都被風吹散了，心情變得舒暢起來。

然而，就在此時，昨天夏洛克等人去過的那個穀倉上，一名**神秘人**正用望遠鏡觀察着奧莉花的**一舉一動**。他看見奧莉花策馬奔馳，不禁暗自高興。

「來吧，上鈎了！是時候行動了。」神秘人**喃喃自語**。他拿出那面跟成年人差不多高的大鏡子，把它推向窗邊，把照進來的陽光向外

反射。

　那道白光閃現，引起了奧莉花的注意。她停下來**暗中觀察**，發現那道白光來自牧場附近。同一時間，她也注意到樹林中也閃過幾下白光。

　流星似乎也察覺到甚麼似的，低下頭，**不安地踏着細步**，看起來有點害怕。

　「怎麼了，流星？你怕嗎？」奧莉花輕輕地摸着流星的鬃毛，安撫着道，「**今天一定沒問題的。**」

　奧莉花兩腿用力一夾，流星又繼續奔跑起來。

「跑吧！跑吧！**死神**等着你呢！」神秘人臉上露出奸險的笑容。

不久，他看到了遠處白光閃了幾下，這代表對方收到了他的訊息，並且準備行動。

他**耐心**等待，終於再得到代表「**成功**」的回應，這意味着這次計劃終於成功，奧莉花這時想必已**墮馬身亡**了！

神秘人心中暗喜：「終於完成任務了！可以去拿取報酬了。」

他很快就去到一個荒廢的馬房，心中只有一個念頭：「只要拿了報酬，我就可以**辭掉現在的工作**，開始**嶄新的**生活了。」

他急不及待推開**腐爛的木門**，期待着白花花的鈔票即將到手之際，突然**三個人影**闖

入眼簾！

「啊……！」他剎那間呆住了。站在眼前的竟是夏洛克、猩仔和奧莉花三人，當然流星也在一旁。

「奧莉花小姐？」神秘人不敢相信自己的眼睛，「你怎麼會在這裏？」

外星人的**真面目**

「不，應該是我們問你，為何霍士你會在這個時間出現在這裏？」猩仔**語帶嘲諷**地問。

夏洛克說：「你是來找積臣吧？可惜他不在這裏。」

霍士愣了一下，**臉色緊張**地低聲回答：「我不知道你在說甚麼。」

「你是因為看到我們**發出的暗號**才過來的吧？」夏洛克問。

「那暗號是你發的？」霍士**脫口而出**，隨即掩住自己的嘴巴。

「嘿！有人**不打自招**呢。」猩仔得意地說。

「為了引出你這個**內奸**，我設下一個餌。」

夏洛克冷靜地說，「那些你以為是積臣回應你的白光，全是我為了引你出來而發出的。其實我們在昨天就已經利用同樣手法，把積臣引出來。現在，他跟凱山已因為**意圖謀殺**而被蘇格蘭場逮捕了。」

霍士心中一沉，不敢相信自己竟然落入了小孩子的圈套。他強裝冷靜，刺探地問：「你們到底知道些甚麼？」

夏洛克說：「我知道那些所謂的**外星白光**，其實是你跟凱山，不，跟他的手下積臣通訊的**暗號**吧。」

「霍士，你竟然串通凱山！」奧莉花怒喝。

「既然你們已知道，我也不必多解釋了。」

霍士**面色一沉**，「沒錯，我串通了凱山，但我也只是嘗試做個**說客**罷了，並沒幹甚麼**十惡不赦**的事啊！況且，我也是為小姐着想呀，萬一你再出意外——」

「不用裝了，我已經看穿了你的詭計！」夏洛克**字字鏗鏘**。

「沒錯！」猩仔說，「昨天，我遇見積臣，他當時正在為之後引發的意外做準備。我看到那些白色閃光，就是你們搞的鬼吧？」

「最初我也奇怪，為甚麼那些白光在**陽光普照的大白天**也那麼閃耀。直到奧莉花小姐說**陰天**的時候不會發生意外，我就確

信你們是利用陽光來通訊。」夏洛克接着說，「後來，我們在穀倉的閣樓找到了一面 **鏡子**。一切就 不言而喻 了。」

夏洛克拿起 **殘舊的馬鞭**，在地上畫出一張圖，解釋道：「這是當時太陽的位置，和發生白光的位置。」

「A點的白光在閃爍過後長亮起來，是為了 **把陽光反射** 到B點，好讓背靠陽光的B點也能反射陽光回應。」

A點

B點

「我在奧莉花小姐墮馬那天記下白光閃亮的頻率。」夏洛克從口袋裏拿出筆記本，翻到記有 **一些點和線** 的那

一頁去。

　　「那時候，你就是在A點利用鏡子反射陽光，傳送『**ABT HR**』這幾個字母，而對方就回覆『**CY**』吧？」

　　「我不知道你在說甚麼。」

　　「那些白光其實是摩斯密碼，這些縮寫也是電報常用的。」夏洛克說，「『**ABT HR**』即是『About Here』，『**CY**』等於『**Copy**』。你是用白光打出奧莉花小姐已騎馬出門的訊息，好讓積臣作準備，然後吹響犬笛去刺激流星，從而製造意外。」

霍士**張大了嘴巴**説不出話來，臉上更閃過一下慄然。

　　「想必農場裏的意外，你也有份製造的吧？」夏洛克拿起犬笛説，「我跟猩仔聽到所謂外星人的聲音，其實是犬笛發出的。雖然一般人未必能聽見犬笛聲，但對動物來説卻是一種**特殊的聲音。**」

　　「作為練馬師，你知道流星對這種聲音很敏感。昨天我們已經試過了，流星聽到這犬笛聲後就會發飆。」夏洛克看着流星説，「你就利用這點，讓奧莉花小姐騎馬時**意外頻生**，藉此把她嚇得要出售牧場。本來這犬笛是**無形的兇器**，但可惜你卻算漏了一點。」

「甚麼？」霍士臉上浮現出**疑惑的表情**。

「那就是小孩子能聽到的聲音比大人多。你跟同黨們自以為**神**不知**鬼**不覺的聲音，偏偏我和猩仔都能聽到。」

「這些只是你**胡猜**吧！你有證據嗎？」

「我們當然有證據，而且還是你**不打自招**的。」夏洛克冷冷地道。

「甚麼？」

「記得自己在飯廳時説了甚麼嗎？你説：『**流星常常聽到一些怪聲就發飆。**』」

「那又怎樣？」

「我跟猩仔並沒有在你

面前提過流星發飆的原因，而羅布他們也從未聽過甚麼怪聲，為甚麼**不在現場**的你，會知道流星是受到**怪聲的影響**呢？」

霍士沒有答話，只是快速地往**牧草堆**瞥了一眼。

「惟一的解釋就是你有份利用聲音製造那場意外。」夏洛克得勢不饒人，「此外，我們在現場發現了一

個鞋印，猩仔還以為那是**外星人的腳印**呢。不過，無獨有偶，昨天他已解開外星人腳印之謎了！」

「我解開了？」猩仔**一臉茫然**。

「沒錯，你昨天意外地令霍士在馬糞上留下鞋印，而它卻跟外星人的腳印**如出一轍**。所以，所謂外星人的腳印，其實就是霍士的鞋

印。因為我注意到他走路時呈**外八字**，令鞋底磨損的位置*嚴重偏側*，才弄出了那種奇特的形狀。」

霍士立即看了看自己的鞋底，果然如夏洛克所說，磨損了的位置嚴重偏側。

「是我又怎樣！」霍士**惱羞成怒**，「哼！你們兩個小屁孩想壞我大事？太天真了。」

說時遲那時快，霍士一個箭步衝向牧草堆，並從中**拔出草叉**，又猛地一個轉身指向夏洛克。

「啊！」夏洛克呆在當場。

「霍士！住手！」奧莉花高聲喊止。

「閉嘴！下一個就輪到你！」霍士怒吼。

「我們認識**蘇格蘭場的警探**，你傷害我們的話，一定逃不掉的。」夏洛克叫道。

「嘿嘿嘿，**死到臨頭**還想恐嚇我嗎？到時候，我就說你們被外星人抓走了！」霍士冷笑。

「新丁1號！你讓開，由團長來保護你！」猩仔**猛地躍前**，挺身擋在夏洛克前面。

「猩仔！」夏洛克大驚。

「那就先把你**製成標本**吧！」霍士説

罷，用草叉猛地刺向猩仔。

「**哇──！**」

猩仔閉上眼睛大叫，卻同時「呠」的一下巨

響炸開，

嚇得流星兩隻

後腿同時往後一踢，猛

地踢向霍士。

「**嗚呀！**」一聲慘

叫響起，霍士被踢個正

着，往後飛開了數丈。接着，「啪嗒」的一聲糞水四濺，霍士整個人已跌落在**馬糞堆**中，昏了過去。

霍士被捕後，為了獲得減刑，就**一五一十**地把事情經過和盤托出。原來凱山企圖收購牧場不果後，就想製造意外嚇走奧莉花，並**重金利誘**霍士協助。霍士經不起**誘惑**，就利用流星害怕犬笛聲這一弱點，來製造各種意外，卻沒想到**中途殺出**

一個猩仔，令整個計劃**功敗垂成**。

「想起來，真是意想不到啊，原來犬笛的聲音只有小孩才能聽到。」猩仔在回家路上説。

「大多數犬笛的聲音都在20千赫茲（kHz）以上，一般成年人只能聽到17千赫茲（kHz）的聲音，所以他們是聽不到的。但小孩的聽覺比成年人靈敏，可以聽到20千赫茲左右的聲音。」夏洛克依書直説。

「原來如此，那麼我要多加特訓了！」猩仔**雀躍地高呼**。

「特訓甚麼？」

「當然是放屁啦！」猩仔拍拍自己的屁股，「練習放出跟犬笛聲

差不多的屁，就能神不知鬼不覺地放屁了！」

　　聞言，夏洛克雙腿一歪，幾乎摔倒在地上，哭笑不得地說：「你先練好自己的胃腸，減少放臭屁更好吧。」

先數數每格有多少糖果，得出：

然後，就用中間的X，把圖形分為4組三角形，就會發現每組三角形內的糖果相加起來都是17。

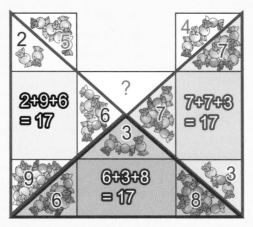

所以？= 17-4-5 = 8

對照顏色的部分，就只有右上方的牧場符合條件。

日出代表東方

謎題③

如圖所示

Dog Whistle

FIVE

Gold Coins

Reward

Hyperacusis

摩斯密碼：

A	•▬	N	▬•
B	▬•••	O	▬▬▬
C	▬•▬•	P	•▬▬•
D	▬••	Q	▬▬•▬
E	•	R	•▬•
F	••▬•	S	•••
G	▬▬•	T	▬
H	••••	U	••▬
I	••	V	•••▬
J	•▬▬▬	W	•▬▬
K	▬•▬	X	▬••▬
L	•▬••	Y	▬•▬▬
M	▬▬	Z	▬▬••

實戰推理短篇

誰偷吃了意粉

消失的意粉

「新丁1號還未來嗎？再等他，海鮮意粉就要賣光啦！」猩仔站在餐廳門外**氣得直跺腳**，店內傳來的誘人香氣早已讓他的口水流滿一地了。

猩仔約夏洛克來這家著名的意大利餐廳，一心想要品嚐一下這裏的**招牌菜**——海鮮意粉。為了一嚐佳餚，他**急匆匆**地來到，卻發

現自己早到了半小時。當然，他口中的新丁1號仍未來到。

「從來只有人等我，沒想到竟要我等人！算了！早到早吃，我邊吃邊等他吧。」

猩仔一個轉身就走進店內，並興奮地叫道：「老闆！還有海鮮意粉嗎？」

「你真好運，剛好賣剩最後一份。」老闆站在開放式廚房內，一邊忙着準備材料，一邊友善地回答。

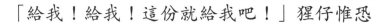

「給我！給我！這份就給我吧！」猩仔惟恐

被人搶去似的，慌忙叫道。

「好呀。」老闆指向一張空桌子說，「請坐吧，我馬上為你弄。」

「嘿，太好了！遲到的新丁1號沒機會吃了！」猩仔滿足地一笑。

他坐下來後，**百無聊賴**地往四周看了看，發現餐廳內已有五桌客人在用餐，氣氛雖然不算熱鬧，但也**並不冷清**。

「唔？那個女孩好像是鄰班的同學呢。」他注意到坐在窗邊的少女很**面善**，「要不要過去打個招呼呢？」

不過他馬上看到，一名少婦坐在那個少女的鄰桌，不知為何，正狠狠地盯着他。

「哇,她的目光好兇啊!算了,算了。」猩仔心想,「我走過去與女孩搭訕的話,那個少婦一定以為我是個**遊手好閒**的小混混。本少爺可是一個**正派有為的英俊少年**啊,被別人懷疑就不好啦。」

為了避開少婦的目光,他故意把視線移到別處,看到一名老人正在喝咖啡;一位中年男人邊吃午餐邊看報紙;另一桌的少年則優閒地喝着牛奶,好像正在享受下午的時光。

突然「**嘩啦**」一聲,一股夾雜着**洋蔥和大蒜**的濃烈香氣迅即傳來,原來老闆把配菜下鍋了。猩仔禁不住咽了咽口水,充滿期待地想像着馬上就要端過來的海鮮意粉。

「**太陽從西邊升起了？**

你竟然比我早到。」一個熟悉的聲音從猩仔耳邊響起，原來是夏洛克來到了。

「嘿！你來得太遲啦，我已點了最後一客海鮮意粉！」猩仔**得意揚揚**地說。

「是嗎？沒海鮮意粉，可以吃別的呀。」夏洛克坐下來，拿起餐牌細看。

這時，老闆端着一個碟子走了過去，說：「久等了，這是你的海鮮意粉。」

「哇！好香啊！」猩仔使勁地嗅了嗅。

「真的很香呢。」夏洛克說。

「呵呵呵！」猩仔用叉子捲起意粉，遞到夏洛克面前，臉上掛着**惡意滿滿**的笑容說，

「羨慕吧！羨慕吧！可惜沒你的份呢！」

夏洛克吞了吞口水，卻又擺出一副**毫不稀罕**的表情說：「我才不會羨慕你呢。」

「算了，算了，不用否認了。」猩仔奸笑道，「嘴巴再硬也沒用，**身體最誠實**。看！你的口水都流出來啦！」

「我不客氣啦！」說罷，他張開大口，正想把意粉送進嘴巴時，他那胖胖的臉蛋忽然**皺成一團**。

「怎麼了？」夏洛克訝異地問。

「痛……我……肚子……**很痛**！」猩仔按着

他那**脹鼓鼓的肚腩**，額角流出了一滴冷汗。

「這裏是餐廳，可不要在這裏使出**拉屎功**啊！」夏洛克急忙提醒。

「廁所！廁所！我要上廁所！」猩仔一手抱着肚腩，一手按着屁股，**三步併作兩步**就往廁所奔去。

不一刻，「**噗咻、噗咻**」的聲音連續不斷地響起，夏洛被嚇了一跳，趕緊跑到洗手間敲門：「喂！你的屁太響亮了，會影響到其他客人啊！」

噗咻、噗咻、噗咻、噗噗咻！

「你說甚麼？我聽不到呀！」看來，

連珠爆發的屁聲蓋過了夏洛克的説話。

「哎呀，我説你的屁太響了，會把客人趕走呀！」夏洛克説到這裏，再回頭一看，只見那五桌客人已經**按捺不住**，全都捏着鼻子紛紛奪門而出，只留下**呆若木雞**的老闆。

過了一會，猩仔終於提着褲子**滿臉舒泰**地走出來。他看到夏洛克站在門外，就問：「怎麼了？你也想拉肚子嗎？」

「才不是！你自己看吧。」夏洛克指了指店內。

猩仔往店內看去，發現剛才那五桌客人已不見了，於是問：「怎麼啦？大家都去哪兒了？」

夏洛克沒好氣地説：「都被你的**臭屁交響樂**

嚇跑了啦！」

「哎呀，人家肚痛嘛。這樣也不體諒一下，實在太沒修養——」猩仔說到這裏，他的肚子突然響起「咕」的一聲。

夏洛克被嚇了一跳，連忙問道：「怎麼又響了？又想拉肚子嗎？」

「不是啦，只是肚餓罷了。」猩仔摸摸肚腩說，「對了，我的海鮮意粉還沒吃呢。」說着，他蹦蹦跳跳地跑向自己的座位。但他一屁股坐下來後，才發現桌面已空空如也。

「咦？我的意粉呢？新丁1號，難道你把我的意粉吃了？」猩仔驚呼。

「沒有呀。我一直在廁所門外等你啊！」
夏洛克說。

「老闆！難道是你收拾了我的意
粉？我還未吃啊！」猩仔向廚
房內的老闆**投訴**。

「沒有呀，我還未收拾你的桌子
啊。」老闆說，「剛才客人們都走了，
我只是收拾了他們的桌子啊。」

「哎呀！難道他們當中**有人偷吃了我的
意粉？**」猩仔慌了。

「我們上洗手間
時，有沒有**新的客
人**進來？」夏洛克向
老闆問道。

「沒有呀。」老闆搖

搖頭。

　　夏洛克想了想，説：「一定是剛才的其中一位客人吃掉了猩仔的意粉。」

　　「這麼説來，我剛才收拾的時候，大家桌上都有碟子，但我記得有一位客人只點了飲品，沒點意粉的。」老闆又説。

　　「是誰？」

　　「餐廳只有我一個人工作，都忙到頭昏腦脹，記不起來了。」

　　「你這麼快就把桌布收走了？很難記起那五桌客人坐的位置啊。」猩仔抱怨説。

夏洛克沉思了一會，說：「我還有一點點印象，一起來回想一下吧。首先可以肯定的是這**五張桌子排成一列，他們點了不同的意粉、飲料。**」

「我記得有一個少年坐在紅色桌子旁。」

「我記得一個中年男人點了一客芝士意粉。」

「有個少婦在喝茶。」

「綠色桌子在白色桌子的左邊。」

「有人打瞌睡，其桌面上放着一盤肉醬意粉。」

「我記得黃色桌子的客人在梳頭。」

「坐在中間那張桌子的人喝的是牛奶。」

「少女坐在第一張桌子。」

「有人在看書，其鄰桌的人正在吃白汁意粉。」

「吃墨汁意粉的人，其鄰桌的人正在梳頭。」夏洛克說完，猩仔和老闆又七嘴八舌地補充了一些信息。

「信息太多了，讓我來 整理一下 。」夏洛克問老闆借來一張紙，列出了所有已知的線索。

謎題①：試透過以下線索，推理出誰吃了猩仔的海鮮意粉。

① 少年坐在紅色桌子。

② 中年男人吃芝士意粉。

③ 少婦喝茶。

④ 綠色桌子在白色桌子的左邊。

⑤ 綠色桌子的客人在喝咖啡。

⑥ 打瞌睡的那個客人吃的是肉醬意粉。

⑦ 黃色桌子的客人在梳頭。

⑧ 坐在中間那張桌子的人在喝牛奶。

⑨ 少女坐在左起第一張桌子。

⑩ 看書人的鄰桌正在吃白汁意粉。

⑪ 吃墨汁意粉的人，其鄰桌正在梳頭。

⑫ 看報紙的人在喝啤酒。

⑬ 老人正在抹嘴。

⑭ 少女坐在藍色桌子旁邊。

⑮ 看書人的鄰桌在喝水。

五張桌子排成一列。各有不同顏色的桌布。每張桌子的客人都是不同年紀的男女，他們點了不同的意粉、飲料及在做不同的事，各不相同，絕無重複。

不知道的話，可以翻到132頁看答案。

夏洛克看着紙上的線索，**沉思片刻**後，說：「好了，我知道是誰偷吃了意粉了。」

「我也知道！是那位中年男人。他**食量最大**，一定是他吃完自己的意粉後覺得不夠飽，就連我的也吃掉了！」

夏洛克沒好氣地說：「你完全是**憑空猜想**吧。按推理，應該是**綠色桌子**的老人吃掉你的海鮮意粉啊。」

「為甚麼？」

「紙上的列表不是已說明了一切嗎？但沒時間了，還不去追的話，就追不到那個老人了。」

「啊！」猩仔**匆匆付款**後，與夏洛克急

步走出餐廳。

「我剛才看到他步出門口時，好像往左轉了。」

「是嗎？那麼我們往左追吧！」猩仔拉着夏洛克跑了幾個街口，走進一個聳立着幾棟高樓的小區。這時，幾片烏雲在上空飄至，隨即更下起毛毛細雨來，讓人有種不安的感覺。

麗絲玲與老爺爺

「啊！那裏好像有甚麼事。」猩仔指着不遠處説。

夏洛克往猩仔所指的方向看去，見到在一個花槽旁邊，有幾個人圍着**一個老人**，不知道在説甚麼。

「咦？」夏洛克**定睛一看**，「那個老人不就是我們要找的人？」

「真的呢！他怎麼了？」

兩人匆忙走過去看，原來老人正不斷向圍着

他的人查問：「麗絲玲在哪兒？她在哪兒？我要吃海鮮意粉。」

「如果你想吃意粉的話，附近有幾間餐廳啊。」一個站在旁邊的胖太太說。

「不，我只想要麗絲玲的意粉。」

「麗絲玲嗎？附近沒有這個名字的餐廳啊。」

「我一定要找麗絲玲。」老人堅持。

「那我幫不了你了，抱歉。」胖太太說完，就搖搖頭離開。

「我要吃麗絲玲的意粉！」老人又想走去拉另一個看熱鬧的人。

「哇！」看到老人**瘋瘋癲癲**的樣子，人們紛紛閃開。

此時，一名**身形瘦削**的男人主動地走了過去，並親切地說：「你想找麗絲玲嗎？我知道她在哪兒，我帶你去找她吧。」

「真的嗎？」老人**喜出望外**。

「但她住得很遠啊，我又沒車費在身，你能先給我一點錢嗎？**五個金幣**就可以了。」瘦削男露出**不懷好意**的笑容。

「錢嗎？我有、我有。」老人慌忙掏出錢包，掏出了幾個金幣。

瘦削男正想伸手去拿之際，夏洛克突然趨前**攔住**，並向老人說：「老爺爺，你應該先問清楚啊。」

「喂！臭小子！」瘦削男**口出惡言**，「我在幫老人家，你想幹甚麼？」

「沒甚麼，只是想問清楚，你認識老爺爺口中的麗絲玲嗎？」夏洛克**不慌不忙**地問。

「哼！還用問嗎？當然認識！」

「那麼，她住在甚麼地方？」

「她⋯⋯她住的地方嗎？」瘦削男遲疑了一下，但又隨即高聲答道，「就在**舊城區**那邊呀！」

「喂！**排骨精！**」猩仔跳到瘦削男跟前，**惡形惡相地連珠炮發**，「舊城區甚麼地

方？哪條街？門牌又是甚麼？幾樓？」

「這……」

「說不出來嗎？你敢在我猩爺面前欺騙老人？」猩仔趨前**叱問**。

「可惡！壞我好事！」瘦削男突然一個閃身避開猩仔，一手奪去老人的錢包，**轉身就逃**。

「臭小偷！」幸好猩仔反應也快，他**壯臂一伸**，就抓住了瘦削男的褲子，然後用力一扯，就把對方的褲子扯了下來，正好套住他的雙腿。

「**哇呀**」一聲慘叫響起，瘦削

男已摔得**四腳朝天**。

「嘿！還想逃？」
猩仔正得意揚揚地想
撲前把他抓住時，沒
料到瘦削男竟一個轉

身，就把老人的錢包擲出，「**啪噠**」一下正好

打到猩仔的臉上。

「哎呀！」猩仔**掩面呼痛**之

際，瘦削男已急忙拉起褲子，**跌跌**

碰碰地衝到人羣之中逃去了。

「**混蛋！**」猩仔還想去追，卻被夏洛克阻

止了。

「別追了，先幫老爺爺吧。」

「呀！對了，還未討回我的意粉呢！」猩仔

轉向老人質問，「喂！你剛才是不是吃了我的

意粉？快**從實招來**！」

老人茫然地看着猩仔：「吃……？我吃了甚麼？」

「豈有此理，還敢**裝傻**！」猩仔怒火中燒。

「哇！你別過來！」老人被嚇得慌忙後退，卻踏到濕滑的地上，差點就要摔倒。幸好夏洛克**眼明手快**，趕緊捉住了老人的手臂。

「老爺爺，你沒事嗎？先坐下來吧。」夏洛克扶着老人，讓他在花槽邊坐下。

「這老爺爺不斷在裝傻，**氣死我了**。」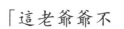猩仔鼓起腮說。

「看樣子他真的記不起來，慢慢問吧。」夏洛克一頓，轉向老人問道，「老爺爺，你剛才是不是吃了海鮮意粉？」

「我有吃嗎？」

「你記得剛才去過甚麼地方嗎？」

「我**不記得**了。」

「那麼，你叫甚麼名字呢？我是夏洛克，他是猩仔。」

「甚麼？我不知道你們的名字。」

「不是啦，我們是在問你的名字呀。」猩仔**沒好氣**地說。

老人眨了眨眼，像是在努力**尋找答案**似的。不一刻，他才開口說：「我是老闆，賣意粉的。」

「甚麼老闆？你只是**偷吃意粉的賊**！」猩仔生氣了。

夏洛克想了想，再問：「你在找麗絲玲嗎？」

「麗絲玲！」老人忽然像醒過來似的，「我想找麗絲玲！」

「麗絲玲是你的妻子嗎？」

「不，我的妻子是瑪麗呀。」說着，老人從口袋掏出一張發黃的照片，上面是他與一個女人的合影。

「她是你太太？」猩仔指着照片中的女人問。

「對，她很美吧？」老人一臉自豪。

「是呢，她確實很漂亮。」夏洛克說。

「是啊，瑪麗是我的寶貝，我最心愛的人。」老人溫柔地撫摸着照片，臉上是滿溢的

幸福。

看到老人這個樣子，猩仔不禁輕聲在夏洛克耳邊說：「這位老爺爺明明好像很愛妻子，卻又要找一名叫麗絲玲的女子，難不成麗絲玲是他的**秘密情人**？」

「不要**胡亂猜想**，說不定只是他的女兒或親友罷了！」

夏洛克**沉思片刻**，再問：「老爺爺，你知道瑪麗在哪兒嗎？我們送你回去她的身邊。」

老人一聽到「瑪麗」這名字，突然**如夢初醒**似的說：「瑪麗？不對，我要找麗絲玲！」

「哎呀，不是在問你嗎？麗絲玲到底是誰呀？」猩仔沒好氣地說。

「她是**金黃色的**，很修長……」

「你聽到了嗎？」猩仔興奮地對夏洛克說，「金黃色形容頭髮，修長是指腿！麗絲玲一定是個金髮長腿的美女。嘿，肯定是老爺爺的秘密情人！」

「我要找麗絲玲！」老人吃力地站起來，顫巍巍地轉身就想走。然而，就在這時，一張卡紙從他的口袋中掉下，不偏不倚地飄到地上的污水窪上。

「咦？這是？」猩仔拾起卡紙，可是紙上的墨水已經化開，蓋過了部分文字。

「我的先生患有腦退化症，可能會忘記回家的路。如你看到這張卡紙，請把他帶回諾丁山……」猩仔讀出仍可辨認的部分。

「原來老爺爺患上了**腦退化症**。」夏洛克看着老人，擔心地呢喃。

「腦退化？甚麼是腦退化？」猩仔問。

「我的鄰居中有個婆婆也患了腦退化症，據說它會**影響人的記憶和行為**。那位婆婆就常常走失，不懂回家。」

「居然有這種病？那怎麼辦？」

「看來這位爺爺也不懂怎樣回家，不如我們想辦法把他送回去吧。」夏洛克提議。

「但卡紙上的地址沾了水，已**一片模糊**啊。」猩仔說。

「不要緊，卡紙上最後寫着『**諾丁山**』，我們只要把他送到那附近，說不定他就能想起來了。」夏洛克說。

夏洛克拍了拍老人的肩膊，親切地說：「我們

現在就去找瑪麗吧，説不定她在家中等你回去呢。」

老人有些不願意，説：「但……我要找麗絲玲……」

「可是——」

未待夏洛克説完，猩仔就搶着撒了個善意的謊言：「麗絲玲嗎？她和瑪麗在一起啊。」

聞言，老人高興地笑了起來，他抓住夏洛克的手，急不及待地要跟他們回家。

走了半個小時左右，一行三人來到了諾丁山的住宅區。

可是，夏洛克和猩仔帶着

老人，在區裏**轉了幾個圈**，老人也無法認出自己住的地方。

「老爺爺，你真的住在這附近嗎？」猩仔**不耐煩**地問。

「應該是這附近，不過……」老伯無助的**望望左**，又**望望右**，卻仍然**一臉茫然**。

夏洛克瞪了猩仔一眼，向老人安撫道：「別着急，你一定會記起來的。」

「算了……不回去了，我的**膝蓋不好**，爬那麼多層樓梯很麻煩。」老人搖搖頭説。

「啊？上樓梯？那麼，你是住在**高層**了？」夏洛克**眼前一亮**，「老爺爺，你還記得甚麼？」

老人看着遠方，似乎陷入在過去的記憶之中。

不一刻，他喃喃自語地說：「我的鄰居……無時無刻……都愛站在窗邊說話，就算到了晚上也會說：『早安，你好！』」

「怎麼可能啊！」猩仔沒好氣地說，「哪有人在晚上仍說早安的？爺爺，你的腦筋好混亂啊。」

「不……那傢伙確實每天都那樣叫，我記得很清楚。」老人堅持。

「還有別的嗎？」夏洛克輕聲問道。

「別的……？沒……沒有了。」老人搖了搖頭。

夏洛克環視了一下四周的大廈，試探地問：「老爺爺，你喜歡花嗎？」

「花？」老人的眼神突然明亮起來，

「我太太最愛 向日葵 了！陽光會照到屋子裏來，照到那些花。不過……我喜歡整天睡覺，快 拉上窗簾 吧，不要讓陽光射進來啊。」

夏洛克抬起頭來，往前面的兩棟大廈看去，忽然 眼前一亮：

「我知道了！走，去爺爺你的家。」

夏洛克輕輕握住老人的手，帶着他朝其中一棟大廈走去。

謎題②：試從上文的對話中，找出老人所住的房間。

① 他的鄰居無時無刻都愛站在窗邊說：「早安，你好！」
② 他的太太喜歡向日葵，陽光會照到屋子內。
③ 他喜歡睡覺，所以總愛拉上窗簾。
④ 他回家時，要爬多層樓梯。

還是找不到的話，可以翻到132頁看答案。

「你怎知道他住在哪裏？」猩仔問。

「因為只有一家的窗戶**拉上窗簾**，而且那户的窗外有一盆**向日葵**。」夏洛克指着前方的樓房說。

「啊……」老人看着夏洛克所指的方向，臉上露出了開心的笑容。

夏洛克和猩仔扶着老人攀上了幾層樓梯，找到了目標的住户，在敲過門後，一名**優雅的老婆婆**打開了大門。

夏洛克一看就認出眼前人正是老照片中的瑪麗，他正想打招呼時，老婆婆已趨前拉着老人的手，**語帶怪責**地說：「你怎麼又自己跑出去了？你不知我很擔心嗎？」

「他在街上遇到騙子，幸好遇到本少爺**見義勇為**，才從壞人手上把他救了回來呢！」狸仔**自吹自擂**地說。

「啊！是嗎？太感謝你了。」瑪麗連忙道謝。

然而，老人卻**神情茫然**地看了看瑪麗，轉過頭問夏洛克：「瑪麗呢？我的妻子在哪兒？」

「她不是你的妻子嗎？」狸仔訝異地問。

「我的妻子很漂亮，比她漂亮多了。」老人**喃喃自語**。

「請問你是瑪麗女士嗎？」夏洛克**恐防有錯**，連忙再三確認，「這位老爺爺是你先生吧？」

瑪麗聽了這話，不禁苦笑道：「這老傢伙只記得年輕時的我，現在我

人老珠黃，他就把我當成別人了。」

　　說罷，瑪麗伸出手輕輕撫摸老人的臉頰，溫柔地說：「我在這裏呀，不認得我嗎？**湯馬士**。」

　　「啊……」老人彷彿認出了瑪麗的聲音似的，緩緩地轉過頭來望着她。不一刻，他的臉上更露出**安心的表情**。

　　「瑪麗，原來你在這裏。我一直在找你呀。」他握住瑪麗的手說。

　　「啊，對了，他還找麗絲——」

　　「**噓！**」夏洛克慌忙阻止猩仔說下去。

　　「兩位小朋友，我剛好弄了些**糕點**，你們要嚐嚐嗎？」瑪麗**笑容滿面**地請猩仔兩人內進。

　　「甚麼糕點？」猩仔一走進客廳就**急不及**

待地説，「老爺爺吃了我的意粉，我的肚子正在打鼓呢。」

「啊？外子吃了你的意粉？」瑪麗**滿臉歉意**地説，「他除了睡覺，最喜歡就是吃東西，好像永遠不會飽似的。來，桌上有幾款不同的糕點，請慢用吧。」

「哇！好精美的糕點呢！」猩仔**一個箭步**衝前，馬上**狼吞虎嚥**地吃了起來。

回憶中的味道

在瑪麗的詢問下，夏洛克把剛才在餐廳發生的事一五一十地告知。

「啊⋯⋯原來外子吃了猩仔的海鮮意粉，他確是對意粉情有獨鍾。」瑪麗苦笑道，「因為，他以前開過一家意粉店。」

夏洛克驚訝地說：「原來他說自己是意粉店老闆是真的？」

「我記得，第一次去他的意粉店，是慕名而去的。朋友們都說那裏有全城最美味的海鮮意粉。」瑪麗回憶道，「那天，我一踏入店裏，他就迎上前來，問我要點甚麼。那一刻，

他那**熱情的笑容**就深深地刻印在我的腦中，**至今未忘**。」

老人望着瑪麗，細心地聽着，眼中更閃爍着**喜悅的光芒**。

「從那天開始，我每週都會去他的意粉店光顧。我們一邊聊天，一邊吃着海鮮意粉，漸漸地，我們**墮入了愛河**。那家意粉店，就是我們的初識之地，也是我們的定情之地。」

「沒了，餐廳沒了。」老人忽然**自言自語**地說。

「為甚麼沒了？」猩仔剛好吃光了糕點，就

插嘴問。

「湯馬士年紀大了，再沒法長期站立，五年前已**退休**了。」瑪麗感觸地說，「本來我們也很享受*愜意的退休生活*，但沒想到變化來得這麼快。」

「是因為爺爺……」
夏洛克話到口邊，
又打住了。

「沒錯，他患上
了**腦退化**。」瑪麗微
微地點點頭，「最初只是偶爾忘了東西放哪，但慢慢地就甚麼都記不起來了。甚至……連他最擅長的海鮮意粉，他也忘記了怎弄。」

「啊！」猩仔**恍然大悟**，「難怪他連我的海鮮意粉也偷來吃啦！」

「**海鮮意粉**……瑪麗最喜歡吃我做的海鮮意粉……」這時，老人凝視着手上的老照片，不斷地**喃喃自語**。

瑪麗輕輕地拍着老人的背，温柔地說：「你連我的樣子都快要忘記了，卻還記得我喜歡吃甚麼嗎？」

看着瑪麗那既**情深又略帶悲傷**的眼神，夏洛克受到甚麼觸動似的，問道：「瑪麗女士，你知道怎樣做海鮮意粉嗎？」

「我只懂得吃，不知道怎樣做啊。」瑪麗笑道，「不過，湯馬士有一本他自己**手寫的食譜**。」

說着，她站了起來，從櫃子裏拿出一本筆記本，緩緩地打開來細看。

夏洛克和猩仔湊過去看，只見上面

寫滿數字，看起來非常複雜。

「全是數字，甚麼意思啊？」猩仔説。

「唔？當中的『12』和『．』有點特別呢，惟獨它們是在括號之外……」夏洛克盯着數式沉吟。

「不管怎樣，先把數式計算一下看看吧。」夏洛克抬起頭來説。

謎題③：試解讀食譜的第一句：

(6-3)(3×5)(20-5)(6×2-1)

12(5+10)(13×2).

(10+9)(8×2)(8-7) (4×2-1)

(4+4)(9-4)(4×5)(7×3-1)(3×3)…

不懂解讀的話，可以翻到133頁看答案。

「6減3……是4吧。」猩仔説。

「是3！這麼簡單也算錯？」

「一時失手罷了！」猩仔聳聳肩，「3乘5等於16吧！」

「怪不得你測驗老是不合格了。」夏洛克反了白眼。

看着兩人你一言我一語，瑪麗禁不住笑了起來：「猩仔，你是為了討我開心，特意裝笨嗎？」

「吭吭吭，這個嘛⋯⋯當然啦！」猩仔輕咳幾聲，厚顏地說。

「按 (6-3) (3×5) (20-5) (6×2-1)的順序計算的話，正確應該是3、15、15、11⋯⋯」夏洛克說。

(6-3)＝3

(3×5)＝15

(20-5)＝15

(6×2-1)＝11

兩人又**你一言我一語**地算起來，在不斷推敲下，夏洛克眼前一亮，說：「我明白了！這些其實是**英文**。」

　　「真的嗎？我只看到數字呀。」猩仔說。

　　「只要計算括號內的數字就可以了，這些數字最大也只有**26**。」

　　「我不懂你說甚麼。」

　　「算了，我來**解讀食譜**，你就準備食材吧？」夏洛克說完，就向瑪麗借用了廚房。

　　在廚房中，夏洛克邊看食譜邊說：「首先，準備**12安士的意粉**……」

　　「好！12安士！」猩仔隨即拉起衣袖應道。

　　「**洋蔥**2個！」

　　「好！2個！」

「剝皮切碎！」

「好！剝皮切碎！」猩仔高聲應着，馬上把洋蔥洗淨後剝皮，然後在砧板上「**嗖嗖嗖**」地切起來。

不一刻，猩仔已切得**淚流滿面**，哭喪似的說：「嗚……為甚麼只有我在動手，而你卻**張張嘴巴只動口**？」

夏洛克狡黠地一笑，說：「嘿，你是少年偵探團G的團長呀，當然要你**親自動手**啦。」

「嗚……早知就不當團長了。」猩仔仍然**淚流不止**。

瑪麗看着兩人的**趣怪模樣**，也不禁笑了。

「醬汁要加多少鹽？」切完洋蔥後，猩仔抹去眼淚問道。可是，夏洛克這時卻眼睜睜地看

着食譜，並沒有回答。

「怎麼了？」猩仔問。

「食譜上……竟寫着要<u>麗絲玲</u>。」夏洛克訝異地說。

「麗絲玲？那不是爺爺的秘密情人嗎？」猩仔衝口而出。

「噓！別亂說話。」夏洛克想阻止，但已來不及了。

聞言，瑪麗笑道：「要找麗絲玲嗎？就在你們背後的<u>酒櫃</u>中啊。」

「甚麼？麗絲玲不是一個人嗎？怎會在酒櫃中的？」猩仔感到意外。

「呵呵呵……」瑪麗笑得**樂不可支**，「你誤會了，那只是我和湯馬士最喜歡的一款**白酒**啊！」

「甚麼?原來爺爺一直尋找的麗絲玲,不是人名,而是 酒的牌子 。」夏洛克訝然。

「真的嗎?」猩仔半信半疑,匆匆走去打開酒櫃,拿出一瓶白酒來看。果然,瓶上的商標寫着「麗絲玲」。

「謎底終於解開了!」猩仔大喜,馬上在夏洛克的指示下,倒了一點到鍋子裏。兩人按照食譜的指示下了幾隻剝了殼的蝦、十多顆 章魚粒 、幾隻 青口 ,再經過半個小時的苦戰後,一盤香噴噴的海鮮意粉終於捧到餐桌上。它的賣相雖然略

127

嫌**醜陋**，但那令人陶醉的香氣卻依然讓人**垂涎欲滴**。

「好香啊！先讓我試味吧！」猩仔興奮地舉起叉子，正想要把意粉送入口中之際——

「喂！不是給你吃的！」夏洛克搶過了盤子，遞到瑪麗和湯馬士面前，「請你們吃吧。」

「啊……謝謝。」瑪麗拿起叉子，捲了一撮意粉，**小心翼翼**地送入口中。接着，她閉上眼睛，輕輕的**咀嚼**……**咀嚼**……又**咀嚼**……

「啊……」她陶醉地張開眼睛，高興地說，「實在太好吃了。」

「你也來一口吧。」她又捲起一撮，輕輕地送到老

爺爺口中。

「啊……」老爺爺只是咀嚼了幾下，眼裏馬上就閃現淚光。

「就是這味道了……這是瑪麗最喜歡的味道。」老爺爺嘴角泛起一抹笑意。

瑪麗輕輕地擦去老人眼角的淚珠，微笑着問：「你還記得我第一次到你那意粉店的情景嗎？」

老人點點頭，眼中閃過懷念之情：「嗯……嗯……」

「不能忘掉這個呀！」不知何時，猩仔已倒了兩杯酒。

「這是你們最喜歡的酒——麗絲玲。」夏洛克把酒遞上。

「對了，猩仔，你剛才説秘密情人究竟是怎麼回事？」瑪麗笑問。

「啊！這個嗎？」猩仔指着夏洛克，繪影繪聲地説，「爺爺在外面一直嚷着要找麗絲玲，夏洛克他人細鬼大，滿腦子都是骯髒的事情，所以誤會了，還以為麗絲玲是爺爺的秘密情人呢！」

「甚麼？我？」夏洛克腿一歪，幾乎被氣得摔倒地上。

「原來如此。」瑪麗轉過頭去温柔地問，「老頭子，你為甚麼要找麗絲玲呀？」

老人笑了笑：「因為……那是瑪麗最喜歡的酒呀。」

「老頭子……」聽到丈夫這樣說，瑪麗眼底不禁閃現淚光。她拿起杯子，輕輕地和老人「叮」的一聲，碰了一下杯子。

兩人呷了一口酒，對望無言。

夏洛克與猩仔看着這對相伴多年的夫妻，不禁也感到一陣溫馨。他們似乎已明白，有些記憶會隨時日而去，但深刻的感情和甜蜜可口的味道卻會永遠縈繞心底。

謎題①

　　解謎方法很簡單。我們可以先繪畫一個表格，把已知的訊息逐項填
進去。

1、線索⑧告訴我們，坐在第3張桌子的人喝牛奶。
2、線索⑨指訴少女坐在第1張桌子，並且可從插圖得知那桌子是黃色。
3、綜合線索⑭與線索⑨，可知第2張桌子是藍色。
4、綜合線索④與線索⑤，我們知道綠、白色的桌子是相連的。而因為坐
　　綠色桌子的人在喝咖啡，所以不可能坐在第3張桌子(坐在第3張桌子
　　的人喝牛奶)。所以可知第4張桌子是綠色，喝咖啡的人坐在第4張桌
　　子，而第5張桌子是白色。
5、這麼一來，我們可以肯定第3張桌子是紅色，而且少年坐在那兒。我
　　們也知道坐在黃色桌子的人梳頭（線索⑦），而第2張桌子的客人吃
　　墨汁意粉，因為他坐在梳頭的人隔壁（線索⑪）。
6、線索⑫告訴我們，看報紙的客人在喝啤酒，他不可能是少女（因為她
　　在梳頭）或是少年（因為他在喝牛奶），他也不是老人（線索⑬）或
　　少婦（線索③），所以他一定是中年男人。根據線索②，我們知道他
　　（中年男人）在吃芝士意粉。所以，中年男人在看報紙、喝啤酒、吃
　　芝士意粉，並因此可推斷出他坐在第5張桌子。

謎題②

　　我的鄰居其實暗指鸚鵡。
　　只有一間房間窗邊種了
向日葵又拉上窗簾。
　　結合老人要爬多
層樓梯的線索，就
知道他住在左邊較
高的樓層。

7、線索③告訴我們，坐在第2張桌子的客人是少婦，在喝茶，剩下坐在第1張桌子的客人在喝水。

8、線索⑮表示看書的人一定是坐在第2張桌子。線索⑬告訴我們，抹嘴的人坐在第4張桌子，換言之，打瞌睡的一定是坐在第3張桌子，而且他吃肉醬意粉（線索⑥）。

9、線索⑩告訴我們，吃白汁意粉的人坐在第1張桌子。

這時，就只剩下一個空格了。所以，吃掉猩仔的海鮮意粉的是那名老人，他坐在第4張綠色桌子，喝咖啡，而且在抹嘴。總結如下：

	第1張桌子	第2張桌子	第3張桌子	第4張桌子	第5張桌子
客人	少女	少婦	少年	老人	中年男人
桌布顏色	黃	藍	紅	綠	白
在喝甚麼	水	茶	牛奶	咖啡	啤酒
在做甚麼	梳頭	看書	打瞌睡	抹嘴	看報紙
在吃甚麼	白汁意粉	墨汁意粉	肉醬意粉		芝士意粉

謎題③

(6-3)(3×5)(20-5)(6×2-1) 12(5+10)(13×2). (10+9)(8×2)(8-7)
(4×2-1)(4+4)(9-4)(4×5)(7×3-1)(3×3)

只計算括號中的數字

(3)(15)(15)(11) 12(15)(26). (19)(16)(1)(7)(8)(5)(20)(20)(9)

把數字依英文字母A～Z的次序轉換，即A＝1、B＝2、C＝3，如此類推，就能得出答案：cook 12 oz. spaghetti。

外星人

外星人呀！

馬

馬真帥！

我要捉地球的帥哥去研究！

馬有很多賀詞，如馬到功成，龍馬精神。

……

不過最好的是我這個……

後會有期！

為甚麼呀？

馬上發達

貴價美食

想吃點貴價美食呢。

很快可以了。

真的嗎?

這餐廳下星期就會加價。

記性

最近記性不太好。

把事情記下來,就不易忘記了。

好!

記下來吧!

但是……

我執筆忘字。

實戰推理系列
大偵探
福爾摩斯
SHERLOCK HOLMES
⑧
——來自外星的殺意——

原案&監修 / 厲河　　小說&繪畫 / 陳秉坤
着色 / 陳沃龍、徐國聲　　封面設計 / 陳沃龍　　內文設計 / 麥國龍、葉承志
編輯 / 郭天寶

出版
匯識教育有限公司
香港柴灣祥利街9號祥利工業大廈2樓A室

承印
天虹印刷有限公司
香港九龍新蒲崗大有街26-28號3-4樓

發行
同德書報有限公司
九龍官塘大業街34號楊耀松（第五）工業大廈地下
電話：(852)3551 3388　　傳真：(852)3551 3300

第一次印刷發行
©Lui Hok Cheung
©2023 Rightman Publishing Ltd. All rights reserved.

想看《大偵探福爾摩斯》的
最新消息或發表你的意見，
請登入以下facebook專頁網址。
www.facebook.com/great.holmes

購買圖書

2023年7月

翻印必究

ISBN:978-988-76992-0-0
港幣定價 HK$68
台幣定價 NT$340

發現本書缺頁或破損，
請致電25158787與本社聯絡。

網上選購方便快捷　　購滿$100郵費全免
詳情請登網址 www.rightman.net